EL PUÑAL DEL GODO

JOSÉ ZORRILLA

DRAMA EN UN ACTO

PERSONAJES

DON RODRIGO.
EL CONDE DON JULIÁN.
THEUDIA, *noble godo.*
ROMANO, *monje eremita.*

La escena pasa en la soledad de Pederneira, monte de San Miguel, cerca de la ciudad de Viseo, en Portugal, la noche del día 9 de Septiembre de 719.

A mi buen amigo D. Tomás Rodríguez Rubí

A tí, que sabes de la historia y origen de este juguete, y el escaso tiempo que se me dió para escribirle, te le dedico ahora que le doy á luz; porque, escudado con tu nombre, serán acaso mejor disimulados los muchos defectos inherentes á una obra escrita por apuesta en determinado número de horas.

No atiendas, pues, a su poco valor, sino al buen recuerdo que con ella te consagra tu amigo

José Zorrilla

Madrid, 20 de Diciembre de 1842.

ACTO ÚNICO

Interior de la cabaña ó ermita del **MONJE ROMANO**, *sostenida en su centro por un pilar de madera ó tronco de árbol, á cuyo pie hay dos asientos. Á la derecha una pequeña hoguera, colocada bajo un respiradero que da salida al humo. Asientos groseros por la escena. Puerta á la izquierda que da á otra habitación que se supone en la cabaña. Puerta en el fondo, abierta la cual se verá monte al resplandor de los relámpagos. Al levantarse el telón se ve su claridad por las junturas, y se oye tronar á lo lejos. La hoguera y una tea alumbran la escena.*

ESCENA I

EL MONJE ROMANO, *á la lumbre.*

ERMITAÑO   ¡Qué tormenta nos amaga!
                ¡Qué noche, válgame el cielo!
                Y esta lumbre se me apaga...
                ¡Si está lloviznando hielo!
                ¡Cuán grande á Dios se concibe
                en aquesta soledad!
                ¿De quién sino de *Él* recibe
                su aliento la tempestad?
                ¿Cuyo es el terrible acento
                y el fulgor que centellea
                cuando zumba airado el viento
                y el cenit relampaguea?
                ¿Quién peñas y árboles hiende
                con la centella veloz,
                como segador que tiende
                las espigas con su hoz?
                ¿Quién sino Dios, que se asienta
                sobre las nubes sereno
                cuando en las nubes revienta
                el fragor del ronco trueno?
                Señor, que de las alturas
                de tu omnipotencia ves
                á las pobres criaturas
                que se arrastran á tus pies,
                detén, Dios bueno, tus iras,

detén tu justo furor,
si justa saña respiras
contra la obra de tu amor.
Pudiste en un punto hacerla,
Y tu inmensa potestad
puede en otro deshacerla
si tal es tu voluntad;
mas considera, Dios mío,
que vas á igualar así
al que se te aparta impío
y al que se postra ante ti.

(Un momento de pausa.)

Mas tanto tardar me extraña,
y estoy temiendo por él...
¿Por qué deja la cabaña
en una tarde tan cruel?
¡Válgame la Virgen Santa!
Si á espesar la lluvia empieza,
¿cómo con segura planta
podrá subir la aspereza
de esa desigual garganta
por do la senda endereza?
¡Infeliz! ¡Cuánto en el mundo
lleva sin duda sufrido;
cuánto es su dolor profundo,
y cuánto está arrepentido!
Mas siento pasos... Parece

(Abre y dice afuera.)

que llega ya. Entrad ligero,
que la tempestad acrece.

EL MONJE *y* THEUDIA *embozado.*

THEUDIA   Gracias.

ERMITAÑO   Mas ¿quién se guarece
de esta choza?

THEUDIA   Un caballero.

(Entra* THEUDIA *y se desemboza. Quedan mirándose un momento.)

        Sorprendido os hais quedado.
        ¿Qué es lo que tenéis, buen hombre?

ERMITAÑO   Y ¿no queréis que me asombre
de que hayáis aquí llegado?

THEUDIA   En verdad que es aprensión
tener, como una cigüeña,
en la punta de esta peña
un hombre su habitación.

ERMITAÑO   Mis votos me retrajeron
á esta triste soledad.

THEUDIA.   ¡Monje sois! ¡Oh, perdonad
mis palabras si os pudieron
ofender!

ERMITAÑO   No, en modo alguno.
Acogíme á esta montaña
sin creer que gente extraña
me hallara en tiempo ninguno.

THEUDIA   Si os estorbo...

ERMITAÑO   *(Interrumpiéndole)*
        Aparte Dios
tal pensamiento de mí.
Contento os tendré yo aquí

como estéis contento vos.

THEUDIA   Yo estaré siempre contento,
que mil noches he pasado
peor acondicionado
en mitad del campamento.

ERMITAÑO   ¿Soldado sois?

THEUDIA   Helo sido,
porque salí de mi tierra.
ERMITAÑO   ¿Os cansaba ya la guerra?
THEUDIA   No; pero nos han vencido,
merced á infames traidores,
y evito la suerte, huyendo
de vivir esclavo siendo
de mis fieros vencedores.

ERMITAÑO   Mas huir...

THEUDIA   Téngase, anciano:
contra ellos se alzó bandera,
y yo voy adondequiera
que la defienda un cristiano.
Pero fatigado estoy;
¿tenéis algo que cenar?

ERMITAÑO   Fruta seca os puedo dar;
no os regalo.

THEUDIA   Sobrio soy.

*(El **ERMITAÑO** le pone delante algunas frutas y una vasija con agua; **THEUDIA** come y bebe.)*

ERMITAÑO   Ea, pues, tomad, sentaos.
Dadme la capa, os la cuelgo.

THEUDIA   Que así me tratéis me huelgo;
mas yo...

ERMITAÑO   No; vos calentaos,
que bien lo necesitáis.
THEUDIA   Buen viejo, ¡por Dios que sí!

        Pero ¿qué hacéis ¡pese á mí!
        que esa puerta no cerráis?
        ¿No veis que empieza á llover,
        y el aire no hay quien resista?

ERMITAÑO   Eso es lo que me contrista.

THEUDIA   Pues ¿qué nos da que temer?

ERMITAÑO   Nada; por un compañero
        siento, en verdad, pesadumbre.

THEUDIA   ¿Fuera está?

ERMITAÑO   Sí.

THEUDIA   Ya costumbre
        tendrá en ese ruin sendero.

ERMITAÑO   ¡Ay, infeliz1 No lo sé.
        Dios en sus pies ponga tino.

THEUDIA   Pues ¿no conoce el camino?

ERMITAÑO   No siempre.

THEUDIA   Torpe es, á fe.

ERMITAÑO   Hablad de él con más respeto,
        que aunque es hoy bien desdichado,
        hombre es que no fué criado
        de invectivas para objeto.

THEUDIA   Perdonad.

ERMITAÑO   De ello no hablemos;
        sabedlo, que no es de más.

THEUDIA   Si es que me juzgáis quizás
        útil, descender podemos
        á ayudarle.

ERMITAÑO   No es preciso,
                  que todo el auxilio humano
                  le fuera ofrecido en vano;
                  mas estamos sobre aviso.

(Va á la puerta otra vez)

THEUDIA   *(Aparte.)*
                  ¡Si equivocado me habré
                  y á caer habré venido
                  en la cueva de un bandido!
                  (Veamos.) ¿Buen viejo?

ERMITAÑO   *(Volviendo á la escena.)*
                                    ¿Qué?

THEUDIA   Yo, como soldado, soy
                  algo hablador y curioso.
                  Decidme, pues, si enojoso
                  con mis preguntas no estoy:
                  puesto que es un compañero
                  ese hombre á quien aguardáis,
                  ¿por qué recelando estáis
                  que no dé con el sendero?

ERMITAÑO   Porque es capaz por sí mismo,
                  si su demencia le apura,
                  de abrirse la sepultura
                  en el fondo de ese abismo.

THEUDIA   ¡Jesús! ¿La mente le falta?

ERMITAÑO   De lo pasado el recuerdo
                  le pone tan sin acuerdo,
                  que algunas veces le asalta
                  una fiebre tan cruel,
                  un delirio tan insano,
                  que no hallo remedio humano
                  que pueda acabar con él.
                  Y aunque, ó engañado estoy,
                  ó ningún acceso extraño
                  le ha acometido hace un año,
                  me temo que le dé hoy.

THEUDIA   Y ¿sabe de él la razón?

ERMITAÑO   Guarda un silencio profundo
                de lo que le hizo en el mundo
                tan íntima sensación.

THEUDIA   Picáis mi curiosidad;
                de historia debe ser hombre.

ERMITAÑO   Me ha callado hasta su nombre.

THEUDIA   Padre, ¿os burláis?

ERMITAÑO   No, en verdad:
                cinco años hace que vino
                á demandarme asistencia
                en una grave dolencia,
                y estuvo á morir vecino.
                Mas sanó al fin, y tornar
                no quiso al mundo otra vez,
                viviendo en esta estrechez
                con una vida ejemplar.
                ¡Oh! Si él su perdón no alcanza
                con vida tan penitente;
                no sé quién sea el viviente
                que de ello tenga esperanza.

THEUDIA.   Mas ¿no decís que está loco?

ERMITAÑO   Dejóle su enfermedad
                extrema debilidad
                que hirió su cerebro un poco.
                Y cuando en algún acceso
                el desdichado no entra,
                es un hombre en quien se encuentra
                mucho valor, mucho seso;
                mas cuando el mal le acomete,
                ¡oh! entonces es extremado.

THEUDIA   Pero ¿nunca os ha contado?...

ERMITAÑO   Jamás; y si se le mete
                conversasión de su historia,
                según que tiembla y se espanta,
                parece que se levanta
                un espectro en su memoria.

THEUDIA.   ¡Es bravo caso, á fe mía,
                  y que atención me merece!
                  Y ¿en qué da cuando enloquece?

ERMITAÑO   En una horrible manía.
                  Tiene consigo una daga
                  que jamás del cinto quita,
                  y dice que está maldita
                  y que á su existencia amaga.
                  Y en su demencia al entrar,
                  exclama con gran pavor:
                  «Con ese puñal traidor,
                  con ése, me ha de matar.»

THEUDIA   ¡Raro es, por Dios! Y ¿conviene
                  con período ó día alguno
                  fijo su mal?

ERMITAÑO   Hoy es uno;
                  el más terrible que tiene.

THEUDIA   ¡Hoy!

ERMITAÑO   Por eso es mi recelo
                  mayor.

THEUDIA   ¿Sabéis si ese hombre es
                  de esta tierra?

ERMITAÑO   ¿Portugués?
                  Creo que no.

THEUDIA   ¡Por el cielo,
                  que á ser español, podría
                  su demencia comprender!

ERMITAÑO   Pero ¿qué tiene que ver
                  ese mal con este día?

THEUDIA   ¡Hoy es un día de hiel,
                  de luto, baldón y saña
                  para la infeliz España!
                  Y ¡ay de quien fué causa de él!
                  Mas hablemos de otra cosa.
                  ¿Vos sois portugués?

ERMITAÑO   Sí soy,
mas hace once años que estoy
morando aquí.

THEUDIA   Y ¿no os acosa
el deseo de saber
lo que por el mundo pasa?

ERMITAÑO   Dióme el dolor tan sin tasa
y con tal tasa el placer
ese mundo que mentáis,
que los días de mis años
conté en él por desengaños,
y huyo de él.

THEUDIA   Y lo acertáis.

ERMITAÑO   Mas callad... Oigo rumor
en la maleza. ¿Quién va?

RODRIGO   *(Dentro.)*
Yo, hermano.

THEUDIA   ¿Es él?

ERMITAÑO   Aquí está.

EL ERMITAÑO, THEUDIA *y* D. RODRIGO, *envuelto en una especie de clámide larga y entrando distraído, como meditando.*

ERMITAÑO
(Á DON RODRIGO.)

    Me habíais puesto en temor.

RODRIGO   Gracias.

ERMITAÑO   ¿Os perdisteis?

RODRIGO   No.

ERMITAÑO   ¿Visteis el nublado?

RODRIGO   Sí.

ERMITAÑO   Y ¿dónde ibais?

RODRIGO   ¡Qué sé yo!

ERMITAÑO   Traeréis frío.

RODRIGO   Así así.

ERMITAÑO   Calentaos, pues.

RODRIGO   Sí haré.

(Al acercarse al fuego ve á THEUDIA, que escucha vuelto de espaldas á ellos.)

(Aparte al ERMITAÑO.)

    Pero ¿quién con vos está?

ERMITAÑO   Un viajero que poco ha
llegó aquí.

RODRIGO   ¿Quién es?

ERMITAÑO   No sé.

RODRIGO

No os fiéis de ningún hombre;
la doblez y la traición
abriga en el corazón
el de más prez y más nombre.

ERMITAÑO

Mas ved...

RODRIGO

              Yo sé lo que digo:
preguntadle el suyo á ése,
y veré, mal que le pese,
si es amigo ó enemigo.

ERMITAÑO

De nosotros, ¿y por qué?
¿Á quién jamás ofendimos?

RODRIGO

Todos, padre, delinquimos:
ved de hablarle.

ERMITAÑO

                Sí que haré.

THEUDIA

(Aparte.)
(No me gusta ese misterio
con que platican los dos.
Estaré alerta, ¡por Dios!
que puede ser lance serio.)

(DON RODRIGO *va hacia el fuego, y aparta á* **THEUDIA** *para poner su banquillo.*)

RODRIGO

(Á THEUDIA.)
Haceos, buen hombre, allá.

THEUDIA

(Pues gasta gran cortesía.)

ERMITAÑO

(Aparte á THEUDIA.)
(Quiere ese sitio, es manía.)

THEUDIA

Bien hace; en su casa está.
(Aparte.)
(Mas ahora que bien le miro,
no es ésta la vez primera
que he visto esa faz severa...

¡Gran Dios! ¡Qué idea!... ¡Eh, deliro!)

(Un espacio de silencio.)

ERMITAÑO   (Á THEUDIA.)
                  Callado estáis.

THEUDIA   ¡Qué queréis!
                  ¿De qué os tengo yo de hablar?

ERMITAÑO   ¿Una historia no sabéis
                  que podernos relatar?

THEUDIA   Sé tantas, que duraría
                  mi relato un año entero;
                  mas hoy mentarlas no quiero,
                  que es para mí aciago día.

RODRIGO   *(Con viveza y aire sombrío.)*
                  También para mí lo es.

THEUDIA   *(Idem.)*
                  Y para todo español
                  lo será mientras el sol
                  alumbre.

RODRIGO   *(Agitado.)*
                          Decidme, pues.
                  ¿Con que hoy es un día aciago
                  para España?

THEUDIA   ¡Sí, por Dios!
                  Qué, ¿no ha llegado hasta vos
                  la noticia de ese estrago?

ERMITAÑO   *(Queriendo interrumpirlo.)*
                  En este desierto hundidos...

RODRIGO   *(Interrumpiéndole.)*
                  Dejadle, ¡pese á mi estrella
(*Al* ERMITAÑO.)

                  Dejadle que me hable de ella,
                  aunque hiera mis oídos.
(Á THEUDIA.)

                  ¿Habéis en España estado?
THEUDIA   Bajo su cielo he nacido.

RODRIGO   ¡Ay! Nacer os ha cabido
             en país bien desdichado.
             ¿Qué pasa hoy en él?

THEUDIA   ¿Qué pasa?
             Presa es de gente salvaje,
             á quien rinde vasallaje,
             y que la asuela y la arrasa.
             Por dar entrada en su pecho
             á una venganza de amor,
             ha abierto un Conde traidor
             á los moros el Estrecho.

RODRIGO   Obró bien villanamente,
             sí: ¡tómele Dios en cuenta
             á su Rey tan torpe afrenta,
             tan gran traición á su gente!

THEUDIA   Dicen que audaz le ultrajó
             en su hija el rey don Rodrigo.

RODRIGO   Mas si era el Rey su enemigo,
             no lo era su reino, no.

THEUDIA   Con moros hizo su flete,
             y hoy hace años que en Jerez
             se ahogó España de una vez
             en el turbio Guadalete.

RODRIGO   Sí, allí lo perdimos todo;
             debajo de su corriente
             yace vergonzosamente
             la gloria del reino godo.
             ¡Maldito quien fué concordia
             con los árabes á hacer,
             y maldita la mujer
             ocasión de la discordia!

THEUDIA   ¡Sabéis esa historia!
(Creciendo el interés en ambos.)

RODRIGO   Sí;
             y me prensa el corazón.

THEUDIA   También á mí.

RODRIGO   Y con razón.

THEUDIA   Sí, que su víctima fuí.

RODRIGO   Yo también.

THEUDIA   ¿Sois vos de España?

RODRIGO   *(Reservándose de repente y con sequedad.)*
No lo sé.

THEUDIA   *(Afanoso.)*
                    Vos...

RODRIGO   Basta ya.

THEUDIA.   No, que atenazando está
mi memoria idea extraña...
Yo en Guadalete me hallé.

RODRIGO   Conmigo.

THEUDIA   Con vos. ¡Dios mío!
Hundirse le vi en el río,
y á ayudarle me arrojé;
pero ya no le vi más.

RODRIGO   ¡Theudia!

THEUDIA   *(Queriendo arrodillarse.)*
                    ¡Señor!

RODRIGO   Alza, ¡necio!
Del mundo soy ya desprecio.
THEUDIA   Pero de Theudia, jamás.

RODRIGO   Padre, un escaso momento
dejadnos solos.

ERMITAÑO   *(Á THEUDIA.)*
                    ¡Por Dios,
no le excitéis mucho vos!

THEUDIA   Descuidad: de su contento
no son excesos extraños,
que somos amigos viejos,

y, de nuestra patria lejos,
nos vemos tras largos años.

*(El **ERMITAÑO** entra en el interior de la cabaña por la izquierda.)*

*(El **ERMITAÑO** entra en el interior de la cabaña por la izquierda.)*

ESCENA IV

DON RODRIGO *y* THEUDIA.

(Llueve.)

RODRIGO   Háblame de mi España, Theudia amigo;
háblame de ella tú, que fuiste el solo
en quien traición tan fea no halló abrigo,
en quien tu pobre Rey no encontró dolo.
Dime, ¿conserva aún el pueblo hispano
recuerdo alguno de la antigua gloria?
¿Qué piensa del vencido Soberano?
Theudia, ¿qué sitio ocupa en su memoria?

THEUDIA   No me lo preguntéis.

RODRIGO   ¡Ah! Te comprendo:
me culpa sólo á mí.

THEUDIA   Sois el vencido,

RODRIGO   Desengaño es á un rey, duro y tremendo.
¿Conque sólo me dan...

THEUDIA   Mengua ú olvido.
Mas basta ya, que vuestro afán entiendo.
Y ¿cómo os hallo aquí?

RODRIGO   Triste es mi historia,
Theudia.

THEUDIA   Y la mía.

RODRIGO   Y yo, ¿cómo te hallo?

THEUDIA   Huyendo de los moros.

RODRIGO   ¿La victoria
llevan?

THEUDIA   Ya es nuestro pueblo su vasallo.

RODRIGO   ¡Tierra infeliz!
                                        Sí, á fe. Toda la ocupan
                 esos infieles ya.

RODRIGO   ¿Ya nada resta?

THEUDIA   Un rincón en Asturias, do se agrupan
                 los que escaparon de la lid funesta.

RODRIGO   Pero ¿podrán allí...

THEUDIA   No pueden nada,
                 por más que, de ira y de venganza rayo,
                 levantó su pendón con alma osada
                 vuestro valiente primo don Pelayo.

RODRIGO   ¿Y mis nobles con él?

THEUDIA   No, no hay ninguno.

RODRIGO   ¡Ninguno dices!

THEUDIA   Perecieron todos
                 á manos de los moros uno á uno.

RODRIGO   ¿Qué resta, pues, de los ilustres godos?

THEUDIA   Vos y yo nada más; porque no cuento
                 al que con vil traición nos ha vendido.

RODRIGO   ¿Aun vive don Julián?

THEUDIA   Para escarmiento
                 de los que á sus contrarios han servido.

RODRIGO   ¡Vive! Y ¿qué es ora de él?

THEUDIA   En una torre
                 estuvo largo tiempo, mas con maña
                 huyó de allí... Su estrella le socorre.

RODRIGO   Sí, sí; mi estrella, tan fatal á España.
                 ¡Ay, bien mi corazón me lo decía:
                 su estrella marcha con la estrella mía!

THEUDIA   ¿Qué es lo que habláis, señor?

RODRIGO   Es mi secreto.
                  (No para ti, de mi amistad objeto.)
                  Es agüero fatal que á fin terrible
                  de mi existencia el término ha sujeto.

THEUDIA   ¡Y en agüeros creeis! Es imposible.

RODRIGO   Theudia, son los destinos celestiales
                  inmutables, y es justo su castigo
                  para los que han causado tantos males
                  en la tierra, cual yo.

THEUDIA   Soñais os digo.
                  El noble osado que su suerte afronta,
                  hace cejar á su enemiga suerte,
                  ó halla tranquilidad segura y pronta
                  en el reposo de gloriosa muerte.
                  Eso es superstición.

RODRIGO   Yo ya sabía
                  que el insensato mundo,
                  miedo ó superstición lo llamaría.
                  ¡Mas ¡ay! que es la verdad!

THEUDIA   Y á ese villano...

RODRIGO   El cielo, de los godos enemigo,
                  para que acabe al fin, guarda su mano,
                  con todos de una vez dando conmigo.

THEUDIA   ¡Ay, si yo doy con él! En la frontera
                  le perdí.

RODRIGO   ¿Le seguíais?

THEUDIA   Desde el día
                  que vi frente á las nuestras su bandera,
                  vengar de ello juré á la patria mía.
                  Y de soldado suyo disfrazado,
                  de aventurero ya, ya de mendigo,
                  fuí su sombra doquier, doquier he estado
                  de él en acecho, y la traición conmigo.
                  Mas un poder oculto le defiende;
                  jamás en ocasión hallarme pude.

RODRIGO

En vano, sí, tu lealtad pretende
que el cielo en ello vengador te ayude.

THEUDIA

¡Ay si me vuelvo á ver sobre su huella!
¡Ay si algún día mi furor le alcanza!
No ha de valerle contra mí su estrella.
Será, como él, traidora mi venganza.

RODRIGO

No, Theudia, es imposible... Inútil brío.
Oye, y ésta conserva en tu memoria,
página triste de mi triste historia.
Al salir de las aguas de aquel río
do me vistes caer sin la victoria,
y en cuya agua se hundió cuanto fué mío,
abandoné el caballo y la armadura,
cambié con un pastor mi vestidura,
y con todo el pesar del vencimiento
despechado me entré por la espesura,
cual de esperanzas ya, falto de aliento.
¡Cuánto, Theudia, sufrí! Triste, perdido,
de mi reino crucé por las llanuras,
en hambre y soledad, como un bandido
que huyendo de la ley camina á obscuras.
Era la hora en que la luz se hundía
tras las montañas, y la niebla densa
por todo el ancho de la selva umbría
iba tendiendo su cortina inmensa.
Con el cansancio y el temor y el duelo,
fiebre traidora me abrasaba ardiente,
sin ver dónde acudir en aquel suelo
en que nunca tal vez habitó gente.
Cuanto con más esfuerzos avanzaba
viendo si al llano por doquier salía,
más la selva á mis pasos se cerraba,
más en la negra oscuridad me hundía.
Un vértigo infernal apoderóse
de mi alma..., y sin luz y, sin camino,
á mi exaltada mente presentóse
toda la realidad de mi destino.
Rey sin vasallos, sin amigos hombre,
en mi raza extinguido el reino godo,
sin esperanza, sin honor, sin nombre,
perdido, Theudia, para siempre todo.
¡Cuán odioso me vi! Despavorido,
á pedir empecé con grandes voces
auxilio en el desierto; mas perdido

fué mi acento en las ráfagas veloces
á expirar en los senos del espacio...,
y á impulso entonces del furor interno,
maldiciendo mi estirpe y mi palacio,
con sacrílega voz llamé al infierno.

THEUDIA   ¡Cielos!

RODRIGO   Y él me acudió; sulfúrea lumbre,
rauda encendió relámpago brillante,
y en mi pecho siniestra incertidumbre.
Sentí algo junto á mí; miré un instante,
y á la sulfúrea, luz, monje sombrío
á mi lado pasó, y á su presencia
tembló mi corazón, cedió mi brío.
Pedíle amparo, mas fatal sentencia
me fulminó, diciendo: «¡Vaya, impío,
que el á quien deshonró tu incontinencia
vendrá, de crimen y vergüenza lleno,
con tu mismo puñal á hendir tu seno»
Dijo, y por entre la niebla arrebatado
huyó el fantasma y me dejó aterrado.

THEUDIA   Sueño vuestro, fantasma peregrino
fué de la calentura abrasadora.

RODRIGO   No, Theudia; voz de mi fatal destino.
Mientras ese hombre esté sobre la tierra,
Theudia, no hay para mí paz ni reposo;
doquiera el paso sin piedad me cierra
ese espectro, á mi raza peligroso.
¿Ves el puñal que cuelga á mi cintura?
Con él me ha de matar, es mi destino;
Theudia, no hay tierra para mí segura;
ese hombre ha de bajar por mi camino.

THEUDIA   ¡Y eso creéis!... Calládselo á la gente,
y toleradme en paz esta franqueza.
Mas vuestra vida austera y penitente
amenguó de vuestra alma la grandeza,
y amenguó la razón de vuestra mente.

RODRIGO   Tiene en mi corazón sacro prestigio,
Theudia, te lo confieso, y me amedrenta
aquella predicción y aquel prodigio.

THEUDIA   ¡Prodigio lo llamáis! Y ¿no os afrenta
tan vil superstición?

RODRIGO   Sea en buen hora,
mas creo en ella; á ser fascinadora
de la mente aprensión, despareciera
con el tiempo; el ayuno y el cilicio,
arrancado á la mente se la hubiera.

THEUDIA   La arrancara mejor trompa guerrera
y de la lid revuelta el ejercicio.
Eso cumple mejor á vuestra raza;
en vez de esta cabaña y ese sayo,
la blanca tienda y la ferrada maza,
y el bruto cordobés, hijo del rayo.
Sí; mientras viva Theudia y por amigo
queráis tenerle, con bizarro alarde
os dirá, de la paz siempre enemigo,
que el noble que no lidia es un cobarde.

RODRIGO   ¡Traidor!

THEUDIA   ¡Hola! Vuestra alma se despierta
á la voz del honor; así os quería:
veo que aun vuestra sangre no está muerta
y alienta el corazón con hidalguía.
Escuchadme, señor, y ved despacio
el peso y la razón de lo que os digo,
que es mengua, sí, que quien nació en palacio
aguarde con pavor á su enemigo.
Perdido estáis, sin esperanza alguna;
no hay para vos ni fuerza ni derecho;
no hay para vos ni gente ni fortuna;
el moro vuestro ejército ha deshecho,
y atropelló á la cruz la media luna;
mas hay un corazón en vuestro pecho
que á vuestro antiguo honor cuentas demande,
y un corazón de rey debe ser grande.
Si á las manos morir es vuestro sino
de ese Conde traidor que nos vendiera,
la mitad evitadle del camino,
tras él saliendo con audacia fiera.
Provocad con valor vuestro destino;
con él trabaos en la lid postrera,
y arrostrad ese sino que os espanta,
vuestro puñal hundiendo en su garganta.

Ya no tenéis ni ejércitos ni enseñas,
mas os resta un amigo y un vasallo,
y las lunas del mundo no son dueñas,
ni es de la suerte irrevocable el fallo.
Dejad, pues, el misterio de estas breñas;
asíos de una lanza y un caballo,
y con caballo y lanza, y yo escudero,
si no podéis ser rey, sed caballero.

RODRIGO   Basta, Theudia; ese bélico lenguaje
cumplo á los corazones bien nacidos,
y en el mío despiertan el coraje
de tus fieras palabras los sonidos.
Sangre me pide mi sangriento ultraje,
sangre mis tercios en Jerez vencidos,
Theudia, tienes razón; de cualquier modo,
morir me cumple cual monarca godo.
Sí; ya á mi olfato y mis oídos siento
que trae el aura que las riendas mece,
el militar olor del campamento
y el clamor de la lid que se embravece,
y del clarín agudo el limpio acento
que á los nobles caballos estremece;
y esa guerrera y bárbara armonía,
la prez me torna de la estirpe mía.
Indigna es de un monarca y de un guerrero
esta debilidad que me avergüenza;
de mi superstición reirme quiero;
no quiero, Theudia, que el pavor me venza.

THEUDIA   Dos sendas hay, y por cualquiera os sigo:
buscar al Conde y perecer vengado,
ó guareceros del pendón amigo
y acabar con honor como soldado.

RODRIGO   Cumple eso más al corazón que abrigo:
Theudia, olvidémonos de lo pasado,
y en la desgracia, de rencor ajenos,
bajemos á la tumba de los buenos.
Este arma vil que á mi existencia amaga,
quédese aquí después de mi partida,

(Clava el puñal en el poste que sostiene la choza.)

y quede en este tronco, con mi daga,
enclavado el misterio de mi vida.

¿Dices que ha levantado en la montaña
pendón un noble, de venganza rayo?
Pues bien: ¿qué hacemos en la tierra extraña?
¡Lejos de mí mi penitente sayo!
Vamos, Theudia, á lidiar por nuestra España
y á triunfar ó caer con don Pelayo;
no diga nunca el mundo venidero
que ni supe ser rey, ni caballero.

THEUDIA   ¡Ahora os conozco, vive Dios!

RODRIGO   Mañana
partiremos á Asturias.

:THEUDIA   Franco paso
nos dará el Portugal que nos dió asilo.

RODRIGO   Hasta mañana, pues; duerme tranquilo.
Duerme, Theudia.

THEUDIA   ¡Señor, velando acaso
vais a quedar mi sueño!

RODRIGO   Desde ahora,
no hay de los dos segundo ni primero.

THEUDIA   Señor...

RODRIGO   Déjame solo hasta la aurora;
pues no soy más que un pobre aventurero,
seré, en vez de ta rey, tu compañero.

*(Vase **THEUDIA** al aposento contiguo de la izquierda.)*

DON RODRIGO

Bien dice ese leal. Más vale al cabo
caer en una lid por causa extraña,
que, de servil superstición esclavo,
llorar imbécil la perdida España.
Saldré otra vez al agitado mundo
con mi contraria suerte por herencia,
velando en el misterio más profundo
el secreto fatal de mi existencia.
Nada soy, nada tengo, nada espero;
encerrado desde hoy en mi armadura,
seré en mi propia causa aventurero,
sin esperar jamás prez ni ventura.
Mas al caer lidiando en la campaña,
al pueblo diga mi sangrienta huella:
«Ved: si no supo defender á España,
supo á lo menos sucumbir por ella.»
Mas, ¡ay, triste de mí! Mi pueblo mismo,
que me tiene en horror, con frío encono
me verá descender hacia el abismo
como me ha visto descender del trono.
Sí; aplaudiendo tal vez mi sino adverso...
Y todo es obra tuya, Conde infame;
por ti desprecio soy del universo.
Fuerza es que sangre nuestra se derrame.

(Viendo el puñal.)

Mas, Dios Santo, ¡ahí estás! Húyeme, aparta,
sueño fascinador, que esquivo en vano;
nunca de sangre de los godos harta,
esta daga fatal busca una mano.
La de uno de ambos..., tigre vengativo,
ser exterminador de mi familia;
uno solo de entrambos quede vivo,
veamos el infierno á quién auxilia,
Mi razón, mi creencia, lo repele,
mas nunca echar de mí puedo esta idea;
ese día fatal ¡oh infierno! impele;
tráenosla de una vez, y pronto sea.
Vértigo horrible el corazón me acosa,
sed de su sangre el corazón me irrita...
¡O huye por siempre, pesadilla odiosa,

ó ante mis ojos ven, sombra precita!

(Ábrese la puerta con ímpetu, y al par que ilumina el fondo un relámpago, entra en la escena el **CONDE D. JULIÁN.***)*

DON RODRIGO *y* EL CONDE

CONDE   Gracias al diablo que llegué á la cumbre.

RODRIGO   ¿Quién es? ¿Dó va? ¿Qué busca? ¿Quién le trae?

CONDE   ¡Rápido preguntar! Mas si es costumbre,
                 oíd: Un hombre, á Portugal, y lumbre
                 para secarme del turbión que cae.
                 ¿Hay más que preguntar?

RODRIGO   Mal humor gasta.

CONDE   Lo mismo que pregunta le respondo.
                 ¿Tiene algo que cenar?

RODRIGO   Nada.

CONDE   Pues basta.
                 La cuestión, por mi parte, ha dado fondo.

(Se sienta con calma á la lumbre.)

RODRIGO   Desatento venís donde os alojan.

CONDE   Pues sin brindarme vos yo me aparezco,
                 y esos nublados hasta aquí me arrojan,
                 ni vos me la ofrecéis, ni os la agradezco.

RODRIGO   Me obliga, por mi fe, la cortesía,
                 mas no soy hombre que á sufrir me avenga
                 razones de tamaña altanería.

CONDE   Tampoco yo, que despechado vengo
                 y harto estoy de la vida.

RODRIGO   Y yo lo mismo.

CONDE   Yo, tras la muerte con deseo insano,
                 debo partir mañana muy temprano.

RODRIGO   Y yo también.

CONDE   Y ¿adónde?

RODRIGO   Á España

CONDE   De ella vengo.

RODRIGO   ¿Sois de ella?

CONDE   Por desdicha mía.

RODRIGO   Cúpome á mí también tan mala estrella.

CONDE   Que la mía peor nunca, sería.

RODRIGO   Puede que sí.

CONDE   Lo dudo.

RODRIGO   Allí he perdido
                 cuanto amé.

CONDE   Yo también.

RODRIGO   Padres, hermanos...

CONDE   Yo también.

RODRIGO   Mis amigos me han vendido.

CONDE   También á mí.

RODRIGO   Fui mofa á los villanos.

CONDE   También yo.

RODRIGO   Y el honor de mis blasones
                 ultrajó un hombre vil.

CONDE   Y otro los míos.

RODRIGO   Yo he tenido que huir.

CONDE
                                    Como ladrones
nos desbandamos, sin poder ni bríos,
mis soldados y yo. Todos ingratos
me han sido á mí.

RODRIGO
                              Y á mí todos traidores.

CONDE
Nada espero.

RODRIGO
                              Ni yo. Mas pienso á ratos
en venganzas horribles.

CONDE
                                    No mayores
que las mías serán.

RODRIGO
                              ¡Oh! Sí; son tales,
que vértigos terribles me producen.

CONDE
Los míos á la rabia son iguales.

RODRIGO
Y los míos á España me conducen
nada más que á morir.

CONDE
                              Y á mí lo mismo;
vengo á buscar un hombre á quien detesto,
y ante uno de los dos se abre el abismo.

RODRIGO
Yo busco á otro hombre para mí funesto,
y guardo ese puñal de mi familia,
que del uno es el fin de todos modos.

*(El **CONDE** lo mira y lo reconoce. Esto depende de los actores)*

CONDE
¿Es tuyo ese puñal?

RODRIGO
                              Sí.

CONDE
                              ¡Dios me auxilia!
Ese hierro es la muerte de los godos.

RODRIGO
Godo soy.

CONDE
                              Yo también, mas su enemigo.

RODRIGO
¿Quién hará de ello ante mi vista alarde?

CONDE   ¡Tú eres el torpe Rey...

RODRIGO   ¡Tú el vil cobarde...!

CONDE   Yo el conde don Julián.

RODRIGO   Yo don Rodrigo.

(Quedan un momento contemplándose.)

CONDE   Nos hallamos al fin.

RODRIGO   Sí, nos hallamos;
                         y ambos á dos execración del mundo,
                         la última vez mirándonos estamos.

CONDE   Eso apetece mi rencor profundo.
                         Mírame bien; sobre esta faz, Rodrigo,
                         echaron un baldón tus liviandades,
                         y el universo de él será testigo,
                         y tu torpeza horror de las edades.

RODRIGO   Culpa fué de mi amor la culpa mía;
                         de Florinda me abona la hermosura;
                         mas ¿quién te abonará tu villanía?

CONDE   De mi misma traición la desventura.
                         Deshonrado por ti, perdílo todo;
                         mas no saciaba mi venganza fiera
                         tu afrenta nada más; menester era
                         toda la afrenta del imperio godo.

RODRIGO   ¡De un traidor como tú, fué digna hazaña!
                         Cumplieras con tus viles intenciones
                         yendo á matarme con silencio y maña,
                         ó contra mí sacaras tus pendones
                         y bebieras mi sangre en la campaña,
                         mi corazón echando á tus legiones;
                         mas no lograras con tan necio encono
                         vender á España por hollar mi trono.

CONDE   Todo lo ansiaba mi tremenda saña;
                         no hartaba mis sangrientas intenciones
                         beber tu sangre con silencio y maña
                         o en contra tuya levantar pendones;
                         dar quise tu lugar á estirpe extraña,

y tu raza borrar de las naciones;
eso quería mi sangriento encono:
vender tu reino y derribar tu trono.

RODRIGO

¡Y lo lograste!

CONDE

                  Sí; logré que, al cabo,
el mundo á ambos á dos nos aborrezca:
á ti, de torpes vicios por esclavo,
y á mí por mi traición, nos escarnezca.

RODRIGO

¡Tanta maldad de comprender no acabo!

CONDE

Hice más.

RODRIGO

                  Imposible es ya que crezca
tu infamia.

CONDE

                  Escucha, pues, ¡oh rey Rodrigo!
á cuánto llega mi rencor contigo.
Yo solo quedo de mi raza: presa
los demás de los moros, á pedradas
fué muerta ante mis ojos la Condesa,
y á la mar arrojados á lanzadas
mis hijos, de Tarifa en la sorpresa;
mas te traigo una nueva, que pagadas
me deja todas las desdichas mías:
¡supe, tiempo ha, que en Portugal vivías!

RODRIGO

¡Dios!

CONDE

                  Por un monje que te halló en la selva.

RODRIGO

(Con temor.)
¡Un monje!

CONDE

                  Sí, mi hermano, cuyos votos
le impiden hoy que contra ti se vuelva,
mas cuya astucia, para siempre rotos
los anillos dejó de mis cadenas
para seguir tus pasos noche y día,
y para que la sangre de tus venas
la mancha lave de la afrenta mía.

RODRIGO

Y ¿es cierto? Y ese monje, ¿era tu hermano?
¿Era un hombre no más? ¡No era un fantasma!
¿Nada había en su ser de sobrehumano?

CONDE

¡Que tal preguntes, en verdad me pasma!
Él me salvó, y me dijo: «Vé á buscarle;
mas antes de matarle,
dile que su castísima Egilona
con su amor ha comprado otra corona.»

RODRIGO

¡Mi esposa!

CONDE

        Sí; Abdalasis te la quita,
o, por mejor decir, vendiósele ella.
Y bien la raza en que nació acredita,
y de su esposo bien sigue la huella.

(Con mofa)

Una reina cristiana, favorita
de un árabe... ¡Oh! ¡Nació con brava estrella!
No penes, pues, por tan leal matrona,
que esposo no la falta, ni corona.

RODRIGO

Basta, basta, traidor; la estirpe goda
deshonrada por ti, por ti vendida,
clama sedienta por tu sangre toda.

(DON RODRIGO *va á coger el puñal que está clavado en el poste, pero el* **CONDE DON JULIÁN** *se adelanta y lo toma.* **DON RODRIGO** *retrocede dos pasos con supersticioso temor)*

CONDE

Con la tuya á la par sea vertida.
El mismo cieno nuestro timbre enloda,
la misma tumba nos dará cabida.

(El **CONDE** *se arroja sobre don* **RODRIGO,** *mas* **THEUDIA** *se presenta de repente entre los dos con el hacha de armas empuñada.)*

ESCENA VII

DON RODRIGO, EL CONDE DON JULIÁN, THEUDIA *y* EL ERMITAÑO

THEUDIA   ¡Mientes! Aun queda quien su honor repare
                   y del traidor al infeliz separe.

(Da al **CONDE** *un golpe mortal, y cae.)*

RODRIGO   ¡Theudia!

THEUDIA   Señor, cumplí conmigo mismo,
                   que al vengaros, a vos vengué á la España.

RODRIGO   ¡Gracias, Theudia! Hoy me arranca tu heroísmo
                   mi ruin superstición, á un noble extraña.
                   Sí, mi pavor con él baje al abismo;
                   partamos con Pelayo á la montaña
                   y logremos, ¡oh Theudia! por lo menos,
                   morir en nuestra patria como buenos.

(Al ERMITAÑO.)

                   ¡Padre, dad á ese tronco sepultura
                   donde repose en paz; mi justo encono
                   no pasa, no, de su mansión obscura,
                   aunque el honor de España esté en mi abono
                   Yo vuelvo al campo, á la pelea dura,
                   y aunque muera sin huestes y sin trono,
                   siempre ha de ser, para quien muere honrado,
                   tumba de rey la fosa del soldado.

(Vase con **THEUDIA** *y cae el telón)*